A DAMA DE ESPADAS

Alexan...

A DAMA DE ESPADAS

Alexandre Pushkin

Esta é uma publicação Principis, selo exclusivo da Ciranda Cultural
© 2019 Ciranda Cultural Editora e Distribuidora Ltda.

Traduzido do original em russo
A dama de espadas - *Pikóvaia Dama*

Texto
Alexandre Pushkin

Tradução
Irineu Franco Perpetuo

Copidesque
Yuri Martins de Oliveira

Produção e projeto gráfico
Ciranda Cultural

Imagens
4ek/Shutterstock.com;
Gleb Guralnyk/Shutterstock.com;
Vecster/Shutterstock.com;

Dados Internacionais de Catalogação na Publicação (CIP) de acordo com ISBD

P987d   Pushkin, Alexandre, 1799-1837

A dama de espadas / Alexandre Pushkin ; traduzido por Irineu Perpetuo. - Jandira, SP : Ciranda Cultural, 2019.
80 p. ; 16cm x 23cm. – (Clássicos da Literatura Mundial)

Tradução de: Pikóvaia Dama
Inclui índice.
ISBN: 978-85-943-1873-2

1. Literatura russa. 2. Contos. I. Perpetuo, Irineu. II. Título. III. Série.

CDD 891.7
CDU 821.161.1

2019-1186

Elaborado por Vagner Rodolfo da Silva - CRB-8/9410

Índice para catálogo sistemático:
1. Literatura russa 891.7
2. Literatura russa 821.161.1

1ª Edição
www.cirandacultural.com.br
Todos os direitos reservados.
Nenhuma parte desta publicação pode ser reproduzida, arquivada em sistema de busca ou transmitida por qualquer meio, seja ele eletrônico, fotocópia, gravação ou outros, sem prévia autorização do detentor dos direitos, e não pode circular encadernada ou encapada de maneira distinta daquela em que foi publicada, ou sem que as mesmas condições sejam impostas aos compradores subsequentes.

SUMÁRIO

Capítulo 1 11

Capítulo 2 21

Capítulo 3 37

Capítulo 4 53

Capítulo 5 63

Capítulo 6 71

A dama de espadas significa má intenção oculta.

Novíssimo livro de adivinhação

1 ♠

Nos dias chuvosos
Reuniam-se
Bastante;
Apostavam — Deus os perdoe!
De cinquenta
A cem,
Ganhavam
E marcavam
Com giz.
Assim, nos dias chuvosos
Tratavam
De negócios.

Certa vez, estavam jogando cartas na casa de Narúmov, um cavaleiro da guarda. A longa noite de inverno passou imperceptivelmente; sentaram-se para cear às cinco da manhã. Os que obtiveram a vitória comiam com grande apetite; os demais sentavam-se, distraídos, diante de seus pratos vazios. Até que serviram champanhe, então a conversa se animou e todos participaram dela.

– O que você fez, Súrin? – perguntou o anfitrião.

– Perdi, como de hábito. Tenho de admitir que estou infeliz: só jogo em *mirandol*[1], nunca me exalto, nada me tira do sério, mesmo assim sempre perco!

– E não se deixou seduzir nenhuma vez? Nenhuma vez apostou em *ruté*[2]? Sua firmeza me espanta.

---

[1] Fazer uma aposta pequena em duas cartas e dobrar ao vencer. (N. T.)
[2] Apostar sempre na mesma carta. (N. T.)

– E o Hermann, hein! – disse um dos convidados, apontando para um jovem engenheiro. – Jamais pegou uma carta na mão, jamais fez uma *paroli*[3], mas mesmo assim fica até as cinco sentado conosco, assistindo ao nosso jogo!

– O jogo me ocupa intensamente – disse Hermann –, mas não estou em condições de sacrificar o indispensável na esperança de obter o supérfluo.

– Hermann é alemão: é parcimonioso, eis tudo! – observou Tómski. – Mas se há alguém que eu não entendo, é minha avó, a condessa Anna Fedótovna.

– Como é? O quê? – gritaram os convidados.

– Não posso conceber – prosseguiu Tómski – por qual motivo minha avó não aposta!

– Mas o que há de tão espantoso – disse Narúmov – em uma velha octogenária não apostar?

– Então vocês não sabem nada a respeito dela?

– Não! Nada, de verdade!

– Oh, então escutem:

---

3 Aposta dobrada. (N. T.)

Precisam saber que minha avó, há uns sessenta anos, foi para Paris e esteve muito na moda por lá. As pessoas corriam atrás dela, para verem *la Vénus moscovite*[4]; Richelieu cortejou-a, e vovó assegura que ele quase se matou devido à crueldade dela.

Nessa época, as damas jogavam faraó. Certa vez, na corte, ela perdeu, sob palavra, uma grande quantia para o duque de Orléans. Ao chegar em casa, vovó, removendo as pintas do rosto e soltando as anquinhas, informou vovô de sua perda e mandou que pagasse.

Meu finado avô, até onde me lembro, era uma espécie de mordomo de vovó. Temia-a como o fogo; contudo, ao ouvir falar de uma perda tão grande, ficou fora de si e fez as contas, demonstrando-lhe que, em meio ano, tinham despendido de meio milhão, que perto de Paris eles não tinham aldeias como as que tinham em Moscou e em Sarátov, e recusou-se terminantemente a pagar. Vovó deu-lhe um bofetão e foi dormir sozinha, em sinal de descontentamento.

No dia seguinte, mandou chamar o marido, esperando

---

[4] "A Vênus moscovita". Em francês no original. (N. T.)

que aquele castigo caseiro tivesse surtido efeito, porém encontrou-o inflexível. Pela primeira vez na vida, permitiu-se dar a ele argumentos e explicações; tencionando convencê-lo, demonstrou, com condescendência, que há dívidas e dívidas, e que existe diferença entre um príncipe e um carreteiro.

– Que nada! – vovô rebelou-se. – Não, e basta!

– Vovó não sabia o que fazer.

Ela conhecera há pouco um homem muito notável. Vocês ouviram falar do conde de Saint-Germain, do qual contam tantos prodígios. Sabem que ele se passava pelo Judeu Errante[5], pelo inventor do elixir da vida, da pedra filosofal, e assim por diante. Riam-se dele, como de um charlatão, porém Casanova, em suas *Memórias*, diz que ele era um espião; além disso, Saint-Germain, apesar de seu mistério, possuía uma aparência respeitável, e em sociedade era uma pessoa muito amável. Até hoje, vovó o ama loucamente e fica zangada se alguém fala dele com desrespeito. Ela sabia que Saint-Germain podia dispor de muito dinheiro. Decidiu recorrer a ele. Escreveu-lhe um bilhete, pedindo que viesse visitá-la sem demora.

---

5   Diz a lenda que é um sapateiro judeu que falou zombarias ao ver Jesus carregando sua cruz e por isso foi condenado a ficar vagando pelo mundo até a volta de Cristo. (N. R.)

O velho excêntrico apareceu de imediato, surpreendendo-a em pesar terrível. Ela descreveu a barbaridade do marido nas tintas mais negras, e contou que todas suas esperanças estavam depositadas na amizade e na amabilidade dele.

Saint-Germain meditou.

"Posso obsequiar-lhe esta soma" – disse ele –, "mas sei que a senhora não ficará tranquila enquanto não acertar as contas comigo, e não desejo trazer-lhe novas inquietações. Há outra maneira: a senhora pode tirar a revanche."

"Mas, meu caro conde" – respondeu vovó –, "estou lhe dizendo que não temos dinheiro algum."

"Mas você não precisa de dinheiro" – retrucou Saint-Germain – "tenha a bondade de escutar." Então, ele revelou-lhe um segredo pelo qual qualquer um de nós pagaria a quantia que fosse...

Os jovens jogadores redobraram a atenção. Tómski acendeu o cachimbo, deu uma baforada e prosseguiu.

Nessa mesma noite, vovó apareceu em Versalhes,

*au jeu de la Reine*⁶. O conde de Orléans estava fazendo a banca; vovó desculpou-se ligeiramente por não ter saldado a dívida, inventou uma historinha para se justificar e pôs-se a apostar contra ele. Escolheu três cartas, apostando uma atrás da outra: todas as três ganharam como *sonica*⁷, e vovó obteve a revanche completa.

– Um acaso! – disse um dos convidados.

– Um conto de fadas! – observou Hermann.

– Podiam ser cartas marcadas? – secundou um terceiro.

– Não creio – respondeu Tómski, solene.

– O quê? – disse Narúmov. – Você tem uma avó que adivinha três cartas na sequência, e até agora não extraiu essa cabalística dela?

– Sim, é duplamente infernal! – respondeu Tómksi. – Ela teve quatro filhos, dentre os quais o meu pai; todos eram jogadores inveterados, e ela não revelou o segredo a nenhum; ainda que isso não fosse fazer mal a eles, nem a mim. Mas foi o que me contou meu tio, conde Ivan Ilitch,

---

6 "No jogo da Rainha". Em francês no original. (N. T.)
7 No jogo francês bassette, carta que ganha ou perde assim que aparece. (N. T.)

e deu sua palavra de honra. O finado Tchaplítski, que morreu na miséria após dissipar milhões, perdeu, certa vez, na juventude, se bem me lembro, para Zóritch[8], cerca de trezentos mil. Estava desesperado. Vovó, que sempre fora severa para com as travessuras dos jovens, acabou, de alguma forma, compadecendo-se de Tchaplítski. Deu-lhe três cartas, para apostar uma atrás da outra, obtendo sua palavra de honra de nunca mais jogar. Tchaplítski apareceu na casa de quem o derrotara: sentaram-se para jogar. Ele apostou cinquenta mil na primeira carta, que ganhou como *sonica*; depois uma *paroli*, outra *paroli* – obteve a revanche, e ainda saiu no lucro...

Contudo, está na hora de dormir: já são quinze para as seis.

De fato, já alvorecia: os jovens esvaziaram seus cálices e recolheram-se.

---

[8] Semión Gavrílovitch Zóritch (1743 ou 1745–1799), um dos favoritos de Catarina II, jogador inveterado. (N.E.)

Il paraît que monsieur est décidément pour les suivantes. Que voulez-vous, madame? Elles sont plus fraîches. *

Diálogo mundano

---

* "Parece que o senhor, decididamente, prefere as damas de companhia. O que a senhora queria? Elas são mais frescas." Em francês no original. (N. T.)

A velha condessa *** estava sentada em frente ao espelho, no seu gabinete de vestir. Três criadas rodeavam-na. Uma segurava uma lata de ruge, outra, uma caixa com grampos e uma terceira, uma touca alta com fitas cor de fogo. A condessa não tinha a menor pretensão a uma beleza que há tempos definhara, porém guardava todos os hábitos de juventude, seguia à risca a moda dos anos 1770 e continuava a empregar o mesmo tempo e zelo em se vestir de sessenta anos atrás. Junto de uma janelinha, com um bastidor, sentava-se uma senhorita, sua pupila.

– Olá, *grand'maman*[9] – disse, ao entrar, um jovem

---

9 "Vovó." Em francês no original. (N. T.)

oficial. – *Bon jour, mademoiselle Lise*[10]. *Grand'maman*, venho com um pedido.

– O que é, Paul?

– Permita-me apresentar um de meus amigos e trazê-lo aqui na sexta-feira, no baile?

– Leve-o direto para o baile, e lá me apresente a ele. Você esteve ontem na casa de ***?

– Como não? Foi muito divertido; dançamos até as cinco. Como Ielétskaia estava bonita!

– Ih, querido! O que ela tem de bonito? Bonita era a avó dela, a princesa Dária Petróvna. A propósito: já está bem velha a princesa Dária Petróvna, não?

– Como velha? – respondeu Tómski, distraído. – Morreu há sete anos.

A senhorita ergueu a cabeça e fez um sinal ao jovem. Ele se lembrou de que escondiam da velha condessa a morte de seus coetâneos e mordeu o lábio. Mas a condessa ouviu a notícia, que para ela era nova, com grande indiferença.

---

10 "Bom dia, senhorita Lise." Em francês no original. (N. T.)

– Morreu! – disse ela. – E eu nem fiquei sabendo! Tornamo-nos damas de honra juntas, e quando nos apresentamos, a soberana...

E a condessa narrou sua anedota ao neto pela centésima vez.

– Pois bem, Paul – disse ela depois –, agora, ajude-me a levantar. Lízanka[11], onde está minha tabaqueira?

E a condessa foi para trás do biombo com as três criadas, para terminar sua toalete. Tómski ficou com a senhorita.

– Quem é esse que o senhor quer apresentar? – perguntou Lizavieta Ivánovna.

– Narúmov. A senhorita o conhece?

– Não! É militar ou civil?

– Militar.

– Engenheiro?

– Não! Da cavalaria. Mas por que a senhorita achou que ele fosse engenheiro?

---

11 Assim como Liza, é um diminutivo de Lizavieta. (N. T.)

A senhorita riu e não respondeu.

– Paul! – gritou a condessa, detrás do biombo. – Traga-me um romance novo, mas, por favor, que não seja um desses de hoje em dia.

– Como assim, *grand'maman*?

– Ou seja, um romance em que o herói não estrangule o pai, nem a mãe e onde não haja corpos afogados. Tenho um medo terrível de afogados!

– Hoje não mais existem romances assim. Não gostaria de uns russos?

– Mas existem romances russos? Traga, querido, traga, por favor!

– Perdão, *grand'maman*: estou com pressa... Perdão, Lizavieta Ivánovna! Mas por que a senhorita achou que Narúmov era engenheiro?

E Tómski saiu do gabinete.

Lizavieta Ivánovna ficou sozinha: largou seu trabalho e pôs-se a olhar pela janela. Logo, de um lado da rua, detrás da esquina da casa, assomou um jovem oficial. Um rubor cobriu-lhe as faces: voltou a pegar o trabalho e baixou a cabeça até a talagarça[12]. Nessa hora, entrou a condessa, completamente vestida.

– Lízanka – disse ela –, mande atrelar a carruagem, e vamos passear.

Lízanka deixou de lado o bastidor, e pôs-se a ajeitar seu trabalho.

– O que tem, menina? Está surda ou o quê? – gritou a condessa. – Mande atrelar logo a carruagem.

– Agora mesmo! – a senhorita respondeu, baixo, e correu até a antessala.

Um criado entrou e entregou à condessa livros enviados pelo príncipe Pável Aleksándrovitch.

– Muito bem! Grata – disse a condessa. – Lízanka, Lízanka! Mas para onde está correndo?

– Vou me trocar.

– Vai dar tempo, menina. Sente-se aqui. Abra o primeiro tomo; leia em voz alta...

A senhorita pegou o livro e leu umas linhas.

---

[12] Tecido encorpado, de fios ralos, sobre o qual se borda. (N.R.)

– Mais alto! – disse a condessa. – O que tem, menina? Perdeu a voz ou o quê? Espere: traga esse banquinho para mais perto de mim... isso!

Lizavieta Ivánovna leu mais duas páginas. A condessa bocejou.

– Largue esse livro – ela disse –, que disparate! Despache para o príncipe Pável, e mande agradecer... Mas e a carruagem?

– A carruagem está pronta – disse Lizavieta Ivánovna, olhando para a rua.

– Por que você não está trocada? – perguntou a condessa. – Sempre tenho que esperar por você! Isso é insuportável, menina.

Liza correu para seu quarto. Não se passaram dois minutos, e a condessa pôs-se a chamar com todas as forças. Três criadas entraram correndo por uma porta, um camareiro pela outra.

– Por que não respondem? – disse a condessa. – Digam a Lizavieta Ivánovna que estou esperando por ela.

Lizavieta Ivánovna entrou de roupão e chapéu.

– Até que enfim, menina! – disse a condessa. – Que trajes! Para que isso? Quer seduzir quem? E como está o tempo? Parece que está ventando.

– De jeito nenhum, Vossa Excelência! Está muito calmo, senhora! – respondeu o camareiro.

– Vocês sempre falam sem pensar! Abra o postigo. Isso mesmo: vento! E gelado! Desatrelem a carruagem! Lízanka, não vamos, não precisava se enfeitar.

"Essa é a minha vida!" – pensou Lizavieta Ivánovna.

De fato, Lizavieta Ivánovna era uma criatura para lá de infeliz. O pão alheio é amargo, diz Dante, e os degraus da casa dos outros são duros de subir. E quem saberia mais sobre a amargura da dependência do que a pobre pupila da célebre velha? A condessa ***, naturalmente, não tinha uma alma má; mas era caprichosa, como mulher mimada pelo mundo, avarenta e imersa em egoísmo frio, como todos os velhos que amam sua época e são alheios ao presente. Participava de todas as futilidades da alta sociedade, vagava pelos bailes, onde se sentava em um canto, coberta de ruge e trajada à moda antiga, como um enfeite monstruoso e indispensável do salão;

todos os convidados que chegavam, aproximavam-se dela com uma profunda reverência, como uma cerimônia preestabelecida, e depois ninguém mais se ocupava dela. Recebia a cidade inteira, observava uma etiqueta severa e não reconhecia ninguém pelo rosto. Sua criadagem numerosa, tendo engordado e envelhecido em sua antessala e na ala dos criados, fazia o que queria, e ainda roubava a velha moribunda. Lizavieta Ivánovna era a mártir da casa. Servia o chá e levava sermões pelo gasto excessivo de açúcar; lia romances em voz alta, e era culpada por todos os erros do autor; acompanhava a condessa em seus passeios, e respondia pelo tempo e pelo calçamento. Foi-lhe designado um ordenado, que nunca lhe pagavam por inteiro; exigiam-lhe, todavia, que estivesse vestida como todos, ou seja, como muito poucos. Em sociedade, desempenhava o papel mais penoso. Todos a conheciam e ninguém reparava nela; nos bailes, só dançava quando faltava um *vis-à-vis*[13], e as damas tomavam-na pelo braço toda vez que precisavam ir ao toalete, arrumar algo em seus trajes. Tinha amor-próprio, sentia vivamente sua situação e olhava ao redor, aguardando impacientemente

---

13 Nesse contexto, "par". Em francês no original. (N. T.)

por um salvador; mas os jovens, calculistas em sua vaidade leviana, não lhe dignavam com sua atenção, embora Lizavieta Ivánovna fosse cem vezes mais agradável do que as pretendentes descaradas e frias que eles bajulavam. Quantas vezes, deixando de mansinho a enfadonha e suntuosa sala de visitas, ela saíra para chorar em seu quarto, onde havia biombos forrados de papel de parede, uma cômoda, um espelhinho, uma cama pintada e uma vela de sebo que ardia, escura, em um castiçal de cobre!

Certa vez – isso acontecera dois dias depois do serão descrito no começo desta novela, e uma semana antes da cena em que nos detivemos –, Lizavieta Ivánovna, sentada junto à janela, com o bastidor, olhou casualmente para a rua e viu um jovem engenheiro, que estava imóvel, de olhos cravados em sua janelinha. Ela baixou a cabeça, e retomou o trabalho; cinco minutos depois, olhou de novo – o jovem oficial estava no mesmo lugar. Sem ter o hábito de flertar com oficiais de passagem, parou de olhar para a rua e ficou bordando por cerca de duas horas, sem erguer a cabeça. Serviram o jantar. Ela se levantou, começou a arrumar o bastidor e, olhando casualmente para a rua, voltou a ver o oficial. Isso lhe pareceu bastante estranho.

Depois do jantar, aproximou-se da janelinha sentindo alguma inquietação, mas o oficial não estava mais lá, então esqueceu-se dele...

Dois dias depois, ao sair com a condessa, prestes a entrar na carruagem, voltou a vê-lo. Estava postado bem na entrada, cobrindo o rosto com o colarinho de pele de castor: seus olhos negros reluziam sob o chapéu. Lizavieta Ivánovna assustou-se, sem saber por quê, e entrou na carruagem com uma palpitação inexplicável.

De volta para casa, correu à janelinha, o oficial estava no lugar de antes, com os olhos cravados nela; afastou-se atormentada por um sentimento de curiosidade e agitação que lhe eram absolutamente novos.

Desde então, não passou um dia sem que o jovem, em determinada hora, não aparecesse sob as janelas da casa. Entre ele e ela estabeleceu-se uma relação sem palavras. Sentada em seu lugar, com o bordado, ela sentia sua aproximação; erguia a cabeça, fitando-o por mais tempo a cada dia. O jovem parecia grato por isso: ela via, com o olhar agudo da juventude, que um rubor rápido cobria as pálidas faces dele quando seus olhares se encontravam. Uma semana depois, ela lhe sorriu...

Quando Tómski pediu à condessa permissão para apresentar um amigo seu, o coração da pobre moça disparou. Porém, ao saber que Narúmov não era engenheiro, mas cavaleiro da guarda, lamentou ter revelado, com a pergunta indiscreta, seu segredo ao leviano Tómski.

Hermann era filho de um alemão russificado, que lhe deixara um pequeno capital. Convicto da necessidade de consolidar sua independência, Hermann não tocava nos juros, vivia apenas do soldo, não se permitia o menor capricho. Além disso, era reservado e ambicioso, e seus camaradas raramente tinham a oportunidade de rir-se de sua parcimônia excessiva. Tinha paixões fortes e uma imaginação incandescente, mas a firmeza poupou-o dos equívocos habituais da juventude. Assim, por exemplo, sendo jogador de alma, nunca tomara cartas nas mãos, pois considerava que seu estado não lhe permitia (em suas palavras) "sacrificar o indispensável na esperança de obter o supérfluo"; contudo, passava noites inteiras sentado junto de jogadores, acompanhando, com palpitação febril, as variadas reviravoltas do jogo.

A anedota das três cartas teve um forte efeito sobre sua imaginação, e não lhe saiu da cabeça a noite inteira. "Então" – pensava, no dia seguinte à noite, vagando por São Petesburgo – "se a velha condessa me revelasse seu segredo! Ou me dissesse quais são essas três cartas certeiras! Por que não provar minha sorte? Apresentar-me a ela, cair em suas graças – talvez tornar-me seu amante –, mas tudo isso requer tempo, ela tem 87 anos, pode morrer em uma semana, em dois dias! Sim, e a anedota? Dá para acreditar nela? Não! Cálculo, moderação e diligência: essas são minhas três cartas certeiras, isso é o que vai triplicar, setuplicar meu capital, trazer-me sossego e independência!"

Raciocinando dessa forma, foi dar em uma das principais ruas de São Petesburgo, diante de uma casa de arquitetura antiga. A rua estava atravancada de veículos, uma carruagem rodava atrás da outra, na direção da entrada iluminada. Das carruagens, a todo instante saíam ora a perna esbelta de uma jovem beldade, ora uma bota hessiana a tilintar, ora uma meia listrada e um sapato de diplomata. Peliças e capas faiscavam diante do porteiro imponente. Hermann deteve-se.

– De quem é essa casa? – perguntou ao vigia da esquina.

– Da condessa *** – respondeu o vigia.

Hermann estremeceu. A anedota espantosa voltou a surgir em sua imaginação. Pôs-se a caminhar perto da casa, pensando em sua proprietária e em sua capacidade milagrosa. Voltou tarde para seu cantinho sossegado; ficou muito tempo sem dormir e, quando o sono por fim o dominou, sonhou com cartas, uma mesa verde, pilhas de cédulas e montes de moedas de ouro. Jogava carta atrás de carta, aumentava as apostas de forma resoluta, ganhava sem parar, amontoava ouro e enfiava as cédulas no bolso. Acordando tarde, suspirou pela perda de sua riqueza fantástica, voltou a vagar pela cidade, e novamente foi dar na frente da casa da condessa ***. Uma força invisível parecia tê-lo atraído a ela. Deteve-se, e pôs-se a fitar as janelas. Em uma, avistou uma cabecinha de cabelos negros, inclinada, provavelmente, sobre um livro ou um trabalho. A cabeça se ergueu. Hermann avistou um rostinho fresco e olhos negros. Esse minuto decidiu sua sorte.

* "Você me escreve, meu anjo, cartas de quatro páginas mais rápido do que eu as consigo ler."
Em francês no original. (N. T.)

Bastou Lizavieta Ivánovna tirar o roupão e o chapéu para a condessa novamente mandar buscá-la e trazer a carruagem. Foram tomar seus lugares. No momento em que dois lacaios estavam erguendo a velha e passando-a pela portinhola, Lizavieta Ivánovna avistou seu engenheiro junto à roda: ele agarrou-lhe a mão; nem bem ela se recobrou do susto, o jovem desapareceu: mas uma carta tinha ficado para trás. Ela escondeu-a na luva e, por todo o trajeto, não ouviu nem viu nada. A condessa tinha o hábito de fazer perguntas a todo instante na carruagem: quem foi esse que encontramos? Como se chama essa ponte? O que está escrito naquela placa? Dessa vez, Lizavieta Ivánovna respondeu de forma impensada e despropositada, irritando a condessa.

– Que acontece com você, menina? Ficou abobada ou o quê? Não está me escutando ou não está me entendendo? Graças a Deus, não estou enrolando a língua e ainda não fiquei louca!

Lizavieta Ivánovna não a escutava. De volta para casa, correu até seu quarto, tirando a carta da luva: não estava lacrada. Lizavieta Ivánovna leu. A carta continha uma confissão de amor: era meiga, respeitosa e tirada, palavra por palavra, de um romance alemão. Mas Lizavieta Ivánovna não sabia alemão, e ficou muito satisfeita por recebê-la.

Contudo, a agradável carta deixou-a extraordinariamente perturbada. Era a primeira vez que travava relações secretas e íntimas com um rapaz. A audácia dele a aterrorizava. Recriminava-se pela conduta imprudente, e não sabia o que fazer: deveria parar de se sentar à janelinha e, com essa desatenção, esfriar no jovem oficial o desejo de continuar suas investidas? Devolver-lhe a carta? Responder de forma fria e decidida? Não tinha com quem se aconselhar, não tinha amigas, nem mentores. Lizavieta Ivánovna resolveu responder.

Sentou-se à escrivaninha, pegou uma pena, um papel e ficou muito pensativa. Começou a carta algumas vezes e rasgou-a: ora sua expressão parecia-lhe demasiado condescendente, ora demasiado cruel. Por fim, conseguiu redigir umas linhas que a satisfizeram.

Tenho certeza de que o senhor tem intenções honradas, e de que não quis ultrajar-me com sua conduta impensada; mas nossa relação não deve começar dessa forma. Restituo-lhe sua carta, e espero não ter, adiante, motivos para lamentar um desrespeito imerecido.

No dia seguinte, ao avistar Hermann caminhando, Lizavieta Ivánovna ergueu-se com o bastidor, saiu para o salão, abriu o postigo e largou a carta na rua, contando com a presteza do jovem oficial. Hermann correu, sem demora apanhou-a e foi para uma confeitaria. Rompendo o lacre, encontrou sua carta e a resposta de Lizavieta Ivánovna. Era o que esperava, e voltou para casa, muito entretido com sua intriga.

Três dias depois, uma empregada jovem e de olhos vivazes trouxe um bilhete da modista. Lizavieta Ivánovna abriu-o com perturbação, prevendo que se tratava de exigência de dinheiro, e de repente reconheceu a letra de Hermann.

– Enganou-se, minha querida – disse –, essa nota não é para mim.

– Não, é para a senhorita mesmo! – respondeu a ousada moça, sem esconder o sorriso travesso. – Tenha a bondade de ler!

Lizavieta Ivánovna passou os olhos pelo bilhete. Hermann exigia um encontro.

– Não pode ser! – disse Lizavieta Ivánovna, assustando-se com a precipitação da exigência e com o meio empregado por ele. – Isso com certeza não foi escrito para mim! – E rasgou a carta em pedacinhos minúsculos.

– Se a carta não era para a senhorita, por que a rasgou então? – perguntou a empregada. – Eu teria devolvido para quem mandou.

– Por favor, minha querida! – disse Lizavieta Ivánovna, inflamando-se com aquela observação. – Não me traga mais bilhetes. E, para quem enviou, diga que devia ter vergonha...

Mas Hermann não sossegou. Todos os dias Lizavieta Ivánovna recebia cartas dele, de um jeito ou de outro. Não eram mais traduzidas do alemão. Hermann redigia-as inspirado pela paixão, falando em sua própria língua: nelas se manifestavam a inflexibilidade de seu desejo e a desordem de uma imaginação desenfreada. Lizavieta Ivánovna já não pensava em devolvê-las: inebriava-se com elas; começou a respondê-las, e seus bilhetes ficavam cada vez mais longos e meigos. Por fim, lançou-lhe, pela janelinha, a seguinte carta:

Hoje há um baile na casa do embaixador ***. A condessa estará lá. Ficaremos até por volta das duas horas. É a sua oportunidade de me ver a sós. Assim que a condessa partir, seu pessoal, provavelmente, vai se dispersar, o porteiro deve ficar no saguão, mas ele costuma se retirar para seu quartinho. Venha às onze e meia. Vá direto à escada. Se encontrar alguém na antessala, pergunte se a condessa está em casa. Vão lhe dizer que não; e não haverá nada a fazer. O senhor terá de dar meia volta. Mas, provavelmente, não encontrará ninguém. As criadas ficam todas no mesmo quarto. Da antessala, vá para a esquerda, sempre reto, até o dormitório da condessa. No quarto, verá duas *portinhas atrás de biombos: a da direita é a do gabinete, onde a condessa nunca entra; a da esquerda a do corredor, dá para uma escada estreita em caracol: ela leva para o meu quarto.*

Hermann tremia como um tigre, à espera da hora marcada. Às dez da noite, já estava na frente da casa da condessa. O tempo estava horrível: o vento soprava, uma neve úmida caía aos flocos; os lampiões brilhavam opacos; as ruas estavam desertas. De vez em quando, um cocheiro de aluguel se arrastava em seu rocim descarnado, em busca de algum passageiro retardatário. Hermann estava só de sobrecasaca, sem sentir nem o vento nem a neve. Por fim, trouxeram a carruagem da condessa. Hermann viu os lacaios segurando pelo braço a velha arqueada, agasalhada em seu casaco de zibelina, e depois dela, por um instante, sua pupila em uma capa de frio, com a cabeça enfeitada com flores. As portinholas se fecharam. A carruagem rolou pesadamente pela neve fofa. O porteiro trancou as portas. As janelas se escureceram. Hermann se pôs a caminhar perto da porta vazia: foi até o lampião, olhou para o relógio, eram onze e vinte. Ficou embaixo do lampião, com os olhos cravados no ponteiro do relógio, aguardando os minutos restantes. Exatamente às onze e meia, Hermann subiu o patamar de entrada da condessa e entrou no saguão fortemente iluminado. O porteiro não estava. Hermann correu pela escada, abriu a porta da antessala e viu um criado dormindo junto à luminária, em uma poltrona antiga e suja. Com passos ligeiros e firmes, Hermann passou ao lado dele. O salão e a sala de visitas estavam escuros. A luminária brilhava debilmente, da antessala. Hermann entrou no dormitório. Diante de um oratório cheio de ícones antigos, ardia uma lâmpada dourada. Poltronas desbotadas de damasco e sofás com almofadas de penas, de um dourado descascado, encontravam-se em triste simetria perto das paredes, forradas de papel chinês. Nas paredes, estavam pendurados dois retratos, desenhados em Paris por madame Lebrun[14]. Um deles retratava um homem de uns 40 anos, corado e robusto, de uniforme verde-claro, com uma estrela; o outro, uma jovem beldade de nariz aquilino, têmporas repuxadas e pó rosa nos cabelos. Por todos os cantos havia pastoras de porcelana, relógios de mesa (obra do glorioso Leroy), caixinhas, roletas,

---

14 Consagrada pintora do século XVIII, retratista oficial da rainha Maria Antonieta, da França. (N. R.)

leques e diversos brinquedos femininos inventados no final do século passado, junto de um balão de Montgolfier e um magnetismo de Mesmer. Hermann foi para trás do biombo. Ali havia uma caminha de ferro; à direita, encontrava-se a porta que dava para o gabinete; à esquerda, outra, a do corredor. Hermann abriu-a, viu a escada estreita em caracol, que levava ao quarto da pobre pupila... Voltou, porém, e entrou no gabinete escuro.

O tempo passava devagar. Estava tudo em silêncio. Na sala de visita, bateram as doze; em todos os quartos, os relógios, um atrás do outro, soaram as doze, depois tudo voltou a se calar. Hermann ficou de pé, inclinado contra a estufa fria. Estava tranquilo; seu coração batia regularmente, como o de alguém decidido a algo perigoso, porém indispensável. Os relógios bateram a uma e as duas da manhã, e ele ouviu o barulho distante de uma carruagem. Um nervosismo involuntário se apossou dele. A carruagem aproximou-se e parou. Ouviu o barulho dos estribos baixando. A casa se agitou. As pessoas correram, vozes soaram, e a casa se iluminou. No dormitório, entraram correndo três velhas criadas, e a condessa, quase morta, entrou e largou-se na poltrona Voltaire. Hermann espiou por uma fresta: Lizavieta Ivánovna passou ao seu lado. Hermann ouviu passos apressados nos degraus da escada. Em seu coração, surgiu algo como um remorso, que voltou a se calar. Ele ficou petrificado.

A condessa começou a se despir diante do espelho. Removeram-lhe a touca, enfeitada de rosas; tiraram a peruca empoada de sua cabeça de cabelos rentes e grisalhos. Alfinetes choveram ao seu redor. O vestido amarelo com bordado prateado caiu-lhe aos pés inchados. Hermann testemunhava os segredos repugnantes de sua toalete; por fim, a condessa ficou de camisola e touca de dormir: nesse traje, mais adequado à sua velhice, parecia menos horrível e disforme.

Como todos os velhos em geral, a condessa padecia de insônia. Após se trocar, sentou-se na poltrona Voltaire, junto à janela, e despachou as criadas. Levaram as velas, e o quarto voltou a ser iluminado por uma única lâmpada. A condessa estava sentada, toda amarela, movendo os lábios flácidos, balançando para a direita e para a esquerda. Seus olhos turvos refletiam total ausência de pensamentos; ao olhar para ela, era possível pensar que o balanço da velha medonha era produto não de sua vontade, mas efeito de um galvanismo oculto.

De repente, esse rosto morto alterou-se de modo indizível. Os lábios pararam de se mover, os olhos se animaram; diante da condessa havia um desconhecido.

– Não se assuste, por Deus, não se assuste! – ele dizia, com voz nítida e baixa. – Não tenciono lhe fazer mal, vim lhe implorar uma gentileza.

A velha apenas fitava-o, calada, e parecia não ouvi-lo. Hermann imaginou que ela fosse surda e, inclinando-se sobre seu ouvido, repetiu a mesma coisa. A velha continuou calada como antes.

– A senhora pode – prosseguiu Hermann – propiciar a felicidade da minha vida, e ela não vai lhe custar nada: sei que a senhora pode adivinhar três cartas na sequência...

Hermann deteve-se. A condessa, aparentemente, entendera o que exigiam dela; aparentemente, buscava palavras para sua resposta.

– Foi uma brincadeira – disse, por fim –, juro! Foi uma brincadeira!

– Não dá para brincar com isso – retrucou Hermann,

zangado. – Lembre-se de Tchaplítski, que a senhora ajudou a ganhar no jogo.

A condessa ficou visivelmente confusa. Seus traços demonstravam uma forte emoção em sua alma, mas ela logo recaiu na impassibilidade de antes.

– A senhora poderia – prosseguiu Hermann – me dizer quais são essas três cartas certeiras?

A condessa ficou calada; Hermann continuou:

– Para que manter o segredo? Para os netos? Eles são ricos mesmo sem isso, mas não sabem o valor do dinheiro. Suas três cartas não vão ajudar um esbanjador. Quem não sabe guardar a herança paterna vai acabar morrendo na miséria, independente de qualquer esforço demoníaco. Não sou esbanjador, sei o valor do dinheiro. Comigo, suas três cartas não estarão perdidas. Ora!

Ele se deteve e, trêmulo, aguardou uma resposta. A condessa ficou calada; Hermann pôs-se de joelhos.

– Se alguma vez – disse – o seu coração conheceu o sentimento do amor, se a senhora se lembra do seu êxtase, se ao menos uma vez sorriu ao choro de um filho recém-nascido, se algo de humano bateu alguma vez em seu peito, imploro aos seus sentimentos de esposa, amante, mãe, de tudo que há de mais sagrado na vida, não recuse minha súplica! Revele-me seu segredo! O que ele é para a senhora? Talvez esteja ligado a um pecado horrendo, à perda da paz eterna, a um pacto diabólico... Pense um pouco: a senhora está velha; não tem muito a viver; estou pronto para assumir seu pecado em minha alma. Apenas revele-me seu segredo. Pense que a felicidade de um homem se encontra em suas mãos; que não apenas eu, mas meus filhos, netos e bisnetos abençoarão sua memória e hão de considerá-la uma santa...

A velha não respondeu palavra.

Hermann levantou-se.

– Bruxa velha! – disse, cerrando os dentes. – Então vou obrigá-la a responder...

Com essas palavras, sacou uma pistola do bolso. Ao ver a pistola, a condessa manifestou pela segunda vez uma forte emoção. Meneou a cabeça e ergueu o braço, como que se protegendo do tiro. Depois, caiu de costas, e ficou imóvel.

A DAMA DE ESPADAS

– Chega de criancice – disse Hermann, tomando-a pela mão. – Pergunto pela última vez: quer me dizer quais são suas três cartas? Sim ou não?

A condessa não respondeu. Hermann viu que ela estava morta.

7 de Maio de 18**

Homme sans mœurs et sans religion! *

De uma correspondência

---

* "Homem sem costumes nem religião." Em francês no original. (N. T.)

Lizavieta Ivánovna estava sentada em seu quarto, ainda em traje de baile, absorta em reflexões profundas. Ao chegar em casa, apressou-se em despachar uma criada sonolenta, que viera lhe oferecer seus serviços de má vontade, dizendo que se trocaria sozinha e, trêmula, entrou em seu quarto, esperando encontrar Hermann lá, e desejando não encontrá-lo. Ao primeiro olhar, certificou-se de sua ausência, e agradeceu ao destino pelo empecilho que lhes estorvara o encontro. Sentou-se, sem se despir, e pôs-se a rememorar todas as circunstâncias que a tinham levado tão longe em tão pouco tempo. Não se haviam passado três semanas desde a primeira vez que vira o jovem pela janelinha e, já se correspondendo, ele tinha conseguido exigir-lhe um encontro noturno! Só sabia seu nome porque algumas de suas cartas estavam assinadas; nunca falara com ele, não ouvira sua voz, nunca ouvira falar dele... até aquela noite. Coisa estranha! Naquela mesma noite, Tómski, magoado com a jovem princesa Polina ***, que, contrariando o hábito, não flertara com ele, quis se vingar, demonstrando indiferença: chamou Lizavieta Ivánovna e dançou uma mazurca interminável com ela. Nessa hora, brincou com sua queda por oficiais engenheiros, asseverou que sabia muito mais do que ela podia adivinhar, e algumas de suas piadas foram tão bem colocadas que Lizavieta Ivánovna achou, por vezes, que ele conhecia seu segredo.

– Por quem ficou sabendo isso tudo? – perguntou, rindo.

– De um amigo da pessoa que a senhorita conhece – respondeu Tómski –, um homem bastante notável!

– Mas quem é esse homem notável?

– Seu nome é Hermann.

Lizavieta Ivánovna não lhe respondeu nada, mas seus braços e pernas gelaram...

— Esse Hermann — prosseguiu Tómski — é uma pessoa realmente romântica: tem o perfil de Napoleão e a alma de Mefistófeles. Acho que ele tem na consciência pelo menos três crimes. Como a senhorita empalideceu!

— Minha cabeça dói... O que lhe disse esse Hermann, ou como ele se chama mesmo?

— Hermann está muito insatisfeito com seu amigo: diz que, no lugar dele, se portaria de forma completamente diferente. Acho até que o próprio Hermann está de olho na senhorita ou, pelo menos, ouve não com indiferença os protestos apaixonados de seu amigo.

— Mas onde ele me viu?

— Na igreja, talvez no passeio! Sabe Deus! Talvez em seu quarto, durante o seu sono, ele é bem capaz disso...

A aproximação de três damas com a pergunta *oubli ou regret*[15]*?* interrompeu a conversa, que despertara uma curiosidade aflitiva em Lizavieta Ivánovna.

A dama escolhida por Tómski era a própria princesa

---

15 "Esquecimento ou arrependimento?" Em francês no original. Modo de escolha de parceiro na dança: damas abordam um cavalheiro e pedem-lhe para optar entre dois lemas, cada um ocultamente atribuído a uma delas. (N. T.)

***. Ela conseguiu esclarecer as coisas com ele, descrevendo um círculo a mais e fazendo uma volta a mais diante de sua cadeira. Tómski, de volta ao seu lugar, já não pensava nem em Hermann, nem em Lizavieta Ivánovna. Ela quis reatar impreterivelmente a conversa interrompida; mas a mazurca terminou e, logo depois, a velha condessa partiu.

As palavras de Tómski tinham sido apenas tagarelice de mazurca, mas calaram fundo na alma da jovem sonhadora. O retrato esboçado por Tómski coincidia com a imagem traçada por ela mesma e, graças aos novíssimos romances, aquele rosto vulgar assustava e capturava sua imaginação. Estava sentada, com os braços nus cruzados, inclinando sobre o peito descoberto a cabeça ainda enfeitada de flores... De repente, a porta se abriu, e Hermann entrou. Ela estremeceu...

– Onde o senhor estava? – perguntou, com um sussurro assustado.

– No dormitório da velha condessa – respondeu Hermann –, acabo de vir de lá. A condessa morreu.

– Meu Deus! O que está dizendo?

– E parece – prosseguiu Hermann – que sou a causa de sua morte.

Lizavieta Ivánovna olhou para ele, e as palavras de Tómski ressoaram em sua alma: esse homem tem pelo menos três crimes na alma! Hermann sentou-se à janelinha, a seu lado, e contou tudo.

Lizavieta Ivánovna ouviu-o com horror. Então aquelas cartas apaixonadas, aquelas exigências inflamadas, aquela perseguição ousada e obstinada, tudo aquilo não era amor! Dinheiro, era por isso que sua alma ansiava! Não era ela que poderia satisfazer seus desejos e fazê-lo feliz! A pobre pupila não era nada além da cúmplice cega de um bandido, do assassino de sua velha benfeitora! Ela chorou amargamente seu arrependimento tardio e cruel. Hermann fitou-a em silêncio: seu coração torturava-se igualmente, mas nem as lágrimas dela, nem o encanto surpreendente de seu pesar perturbavam-lhe a alma severa. Não sentia remorso ao pensar na velha morta. Apenas uma coisa o horrorizava: a perda irreversível do segredo do qual esperava enriquecimento.

– O senhor é um monstro! – disse, por fim, Lizavieta Ivánovna.

– Não queria a morte dela – respondeu Hermann –, minha pistola não estava carregada.

Ficaram em silêncio.

A manhã chegou. Lizavieta Ivánovna apagou a vela, que terminara de arder; uma luz pálida iluminou o quarto. Enxugou os olhos chorosos e ergueu-os na direção de Hermann: estava sentado à janelinha de braços cruzados, com uma carranca ameaçadora. Nessa posição, lembrava espantosamente o retrato de Napoleão. Tal semelhança assustou Lizavieta Ivánovna.

– Como vai sair da casa? – disse, por fim, Lizavieta Ivánovna. – Tencionava conduzi-lo por uma escada secreta, mas é preciso passar pelo dormitório e tenho medo.

– Diga-me como encontrar essa escada secreta; eu irei embora.

Lizavieta Ivánovna levantou, tirou uma chave da cômoda, entregou-a a Hermann e deu-lhe instruções detalhadas. Hermann apertou-lhe a mão fria, que não correspondeu, beijou-lhe a cabeça inclinada e saiu.

Desceu pela escada em caracol e entrou de novo no

dormitório da condessa. A velha morta estava sentada, paralisada; seu rosto manifestava profunda tranquilidade. Hermann deteve-se na sua frente e fitou-a longamente, como se desejasse certificar-se da terrível verdade; por fim, entrou no gabinete, tateou o papel de parede, em busca da porta, e pôs-se a descer pela escada escura, agitado por sensações estranhas. Por essa mesma escada, pensou ele, talvez, há sessenta anos, nesse mesmo quarto, nessa mesma hora, de cafetã bordado, penteado *à l'oiseau royal*[16], apertando contra o coração o chapéu de três pontas, penetrava um jovem felizardo, que há muito tempo já se decompôs na tumba, enquanto o coração de sua amante anciã apenas hoje parou de bater...

No final da escada, Hermann encontrou uma porta, que abriu com a mesma chave, e viu-se em um corredor contínuo, que o levou à rua.

---

16 "Como pássaro real", ou seja, emplumado. Em francês no original. (N. T.)

Nessa noite, apareceu-me a finada baronesa Von W***. Estava toda de branco, e me disse: "Olá, senhor conselheiro!".

Swedenborg

Três dias depois da noite fatal, às nove da manhã, Hermann dirigiu-se ao mosteiro de ***, onde deviam celebrar a missa de corpo presente da falecida condessa. Sem sentir arrependimento, não conseguiu, contudo, abafar completamente a voz da consciência, que lhe repetia: você é o assassino da velha! Possuindo pouca fé autêntica, tinha muitas superstições. Acreditava que a condessa morta podia exercer uma influência nefasta em sua vida e resolveu aparecer no funeral, para lhe pedir perdão.

A igreja estava cheia. Hermann abriu caminho na multidão com esforço. O caixão estava em um rico catafalco, sob um baldaquim de veludo. A falecida jazia com as mãos cruzadas no peito, de coifa de renda e vestido branco de cetim. Em volta, estava a gente da casa: criados de cafetãs pretos com fitas de brasão nos ombros, e velas nas mãos; os parentes, em luto fechado: filhos, netos e bisnetos. Ninguém chorava; lágrimas seriam *une affetaction*[17]. A condessa era tão velha que sua morte não podia surpreender ninguém, e seus parentes há tempos viam-na como alguém que já se finara. Um jovem prelado recitou as palavras fúnebres. Com expressões simples e tocantes, descreveu o passamento pacífico daquela justa, cujos longos anos tinham sido uma preparação silenciosa e comovente para o fim cristão.

– O anjo da morte encontrou-a – disse o orador – velando em meditações beatíficas, e à espera do noivo da meia-noite.

O serviço religioso foi realizado com triste decoro. Os parentes foram os primeiros a se despedirem do corpo. Depois avançaram os numerosos convidados, que foram prestar reverência àquela que por tanto tempo fora partícipe de seus fúteis divertimentos. Depois, foram todos da casa. Por fim, aproximou-se uma velha dama senhorial, da mesma idade da finada. Duas criadas jovens

---

17 "Uma afetação." Em francês no original. (N. T.)

conduziam-na pelo braço. Mal tinha forças de se inclinar até o chão e foi a única que verteu algumas lágrimas ao beijar a mão fria de sua senhora. Depois dela, Hermann decidiu-se a ir até o caixão. Prostrou-se até o chão, e ficou alguns minutos deitado no solo frio, polvilhado de galhos de abetos. Por fim levantou-se, pálido como a defunta, pisou nos degraus do catafalco e se inclinou... Nesse instante, teve a impressão de que a morta fitava-o zombeteira, semicerrando um olho. Hermann, recuando precipitadamente, deu um passo em falso e tombou de costas no solo. Ergueram-no. Nessa mesma hora, Lizavieta Ivánovna foi levada, desmaiada, para o adro. Esse episódio perturbou por alguns minutos a solenidade da sombria cerimônia. Um murmúrio surdo ergueu-se entre os presentes, e um camareiro da corte magricela, parente próximo da finada, cochichou no ouvido de um inglês que estava ao seu lado que o jovem oficial era filho bastardo dela, ao que o inglês respondeu, frio: *Oh?*

Hermann passou o dia inteiro extraordinariamente transtornado. Jantando, solitário, em uma taverna, bebeu muito, contrariando seu hábito, na esperança de abafar a agitação interior. Mas o vinho inflamou ainda mais sua imaginação. De volta para casa, jogou-se na cama sem se despir, e adormeceu profundamente.

Acordou de madrugada: a lua iluminava seu quarto. Olhou para o relógio: eram quinze para as três. O sono passara, sentou-se na cama, pensando no funeral da velha condessa.

Nessa hora, alguém, da rua, fitou-o pela janelinha – e se afastou imediatamente. Hermann não deu nenhuma atenção a isso. Um minuto depois, ouviu que abriam a porta do quarto da frente. Hermann achou que seu ordenança, bêbado como de hábito, estava voltando de um passeio noturno. Mas não ouviu os passos que conhecia: alguém caminhava arrastando suavemente os chinelos. A porta se abriu, entrou uma mulher de vestido branco. Hermann tomou-a por sua velha ama de leite, e se espantou: o que podia trazê-la naquela hora? Mas a mulher branca, deslizando, de repente foi parar bem a sua frente – e Hermann reconheceu a condessa!

– Vim até você contra a vontade – disse, com voz firme –, mas me mandaram satisfazer seu pedido. Um três, um sete e um ás vão ganhar para você, na sequência, mas desde que não aposte em mais de uma carta por dia, e que não jogue nunca mais pelo resto da vida. Perdoo-lhe por minha morte desde que se case com minha pupila Lizavieta Ivánovna...

Com essas palavras, virou-se em silêncio, foi até a porta e desapareceu, arrastando os chinelos. Hermann ouviu a porta batendo no saguão, e viu alguém voltando a fitá-lo pela janelinha.

Hermann ficou muito tempo sem conseguir voltar a si. Foi para o outro quarto. Seu ordenança estava deitado no chão; Hermann acordou-o com esforço. O ordenança estava bêbado, como de hábito; não era possível arrancar nada dele. A porta para o saguão estava trancada. Hermann voltou para seu quarto, acendeu a vela e anotou sua visão.

— Attendez!*
— Como ousa me dizer attendez!
— Vossa Excelência, eu disse attendez, meu senhor!

* Termo do carteado, que significa a proposta de não apostar (do francês *attendez* – espere). (N. E.)

Duas ideias fixas não podem coexistir no mundo moral, da mesma forma que dois corpos não podem ocupar o mesmo lugar no mundo físico. Três, sete, ás logo encobriram, na imaginação de Hermann, a imagem da velha morta. Três, sete, ás não lhe saíam da cabeça e se moviam em seus lábios. Ao avistar uma jovem, dizia: "Como é esbelta! Um verdadeiro três de copas". Perguntavam-lhe "que horas são?", ele respondia: "cinco para *o* sete". Qualquer homem barrigudo lembrava-lhe um ás. Três, sete, ás perseguiam-no no sono, assumindo todos os aspectos possíveis: o três florescia à sua frente, na forma de uma pomposa magnólia, o sete apresentava-se como um portão gótico, o ás, como uma aranha enorme. Todos seus pensamentos se fundiam em um: aproveitar o segredo que tão caro lhe custara. Pôs-se a pensar em dar baixa e viajar. Queria ir às casas de jogo abertas de Paris para conseguir um tesouro da fortuna enfeitiçada. O acaso poupou-lhe de todo esse trabalho.

Em Moscou, formara-se uma sociedade de jogadores ricos, sob presidência do famoso Tchekálinski, que passara toda a vida nas cartas e amealhara alguns milhões, ganhando letras de câmbio e perdendo dinheiro vivo. A longa experiência granjeara-lhe a confiança dos camaradas, e a casa aberta, o cozinheiro excelente, a amabilidade e a alegria renderam-lhe o respeito do público. Chegou a São Petersburgo. A juventude invadiu sua casa, de modo que esqueceu-se dos bailes pelas cartas, preferindo a sedução do faraó à tentação do namoro. Narúmov levou Hermann até lá.

Percorreram uma série de aposentos magníficos, repletos de empregados respeitosos. Alguns generais e conselheiros privados[18] jogavam uíste; jovens, estirados em sofás de damasco, tomavam sorvete e fumavam

---
18 Quarto posto do funcionarismo público na tabela de 14 patentes que regia o serviço na Rússia tsarista. (N. T.)

cachimbo. Na sala de estar, em uma mesa comprida, na qual apertavam-se vinte jogadores, sentava-se o anfitrião, bancando o jogo. Era um homem de uns 70 anos, com a aparência mais respeitável; a cabeça coberta de um grisalho prateado; o rosto cheio e fresco exalava bonomia; os olhos brilhavam, animados por seu sorriso habitual. Narúmov apresentou-lhe Hermann. Tchekalínski apertou-lhe a mão de forma amistosa, pediu que não fizesse cerimônia e continuou a bancar.

A rodada durou bastante. Na mesa, havia mais de trinta cartas.

Tchekalínski parava depois de cada mão, para dar tempo aos jogadores de se arrumarem, anotava as perdas, ouvia respeitosamente as demandas, e ainda mais respeitosamente endireitava o canto de uma carta dobrada por uma mão distraída. Por fim, a rodada acabou. Tchekalínski embaralhou as cartas e preparou-se para bancar mais uma.

– Permita-me baixar uma carta – disse Hermann, estendendo a mão por trás de um cavalheiro gordo que estava apostando. Tchekalínski sorriu e inclinou-se, em silêncio, em sinal de concordância obediente. Narúmov, rindo, parabenizou Hermann pelo rompimento do longo jejum, desejando-lhe um feliz começo.

– Vamos lá! – disse Hermann, escrevendo com giz uma grande soma em cima de sua carta.

– Quanto, senhor? – perguntou, semicerrando os olhos, o banqueiro. – Desculpe, não enxergo.

– Quarenta e sete mil – respondeu Hermann.

A essas palavras, todas as cabeças se viraram instantaneamente, e todos os olhos se cravaram em Hermann. "Enlouqueceu!" – pensou Narúmov.

– Permita-me observar – disse Tchekalínski, com seu sorriso inabalável –, que o seu jogo é forte: ninguém nunca apostou mais do que duzentos e setenta e cinco aqui.

– E daí? – retrucou Hermann. – Aceita a minha carta ou não?

Tchekalínski inclinou-se, com ar de consentimento pacífico.

– Apenas queria informar-lhe – disse – que, tendo merecido a confiança dos camaradas, só posso bancar com dinheiro vivo. De minha parte, estou certo, naturalmente, de que sua palavra é suficiente, mas, para manter a ordem do jogo e das contas, peço-lhe que coloque o dinheiro na carta.

Hermann sacou uma cédula do bolso e entregou-a a Tchekalínski, que, após lançar-lhe um olhar fugidio, colocou-a na carta de Hermann.

Pôs-se a bancar. À direita, havia um nove, à esquerda, um três.

– Ganhei! – disse Hermann, mostrando sua carta.

Um murmúrio agitado ergueu-se entre os jogadores. Tchekalínski franziu o cenho, mas o sorriso imediatamente regressou a seu rosto.

– Deseja receber? – perguntou a Hermann.

– Por obséquio.

Tchekalínski sacou do bolso algumas cédulas, e acertou as contas imediatamente. Hermann recebeu o dinheiro e afastou-se da mesa. Narúmov não conseguia voltar a si. Hermann tomou um copo de limonada e encaminhou-se para casa.

Na noite seguinte, voltou a aparecer na casa de Tchekalínski. O anfitrião bancava. Hermann aproximou-se da mesa; os apostadores cederam-lhe lugar de imediato. Tchekalínski inclinou-se para ele amavelmente.

Hermann aguardou uma nova rodada e baixou uma carta, colocando em cima dela os quarenta e sete mil, mais os ganhos da véspera.

Tchekalínski pôs-se a bancar. Um valete saiu à direita, um sete à esquerda.

Hermann descobriu um sete.

Todos exclamaram. Tchekalínski ficou visivelmente desconcertado. Contou noventa e quatro mil e entregou a Hermann, que os apanhou com sangue-frio, e retirou-se no mesmo instante.

Na noite seguinte, Hermann voltou a aparecer à mesa. Todos o aguardavam. Os generais e conselheiros privados deixaram seu uíste para ver aquele jogo tão extraordinário. Os jovens oficiais ergueram-se dos sofás de um salto; os serviçais reuniram-se na sala de visitas. Todos rodearam Hermann. Os demais jogadores não baixaram suas cartas, esperando com impaciência como aquilo iria terminar. Hermann estava de pé, junto à mesa, preparando-se para apostar sozinho contra o pálido, mas sempre sorridente, Tchekalínski. Cada um abriu um maço de cartas. Tchekalínski embaralhou. Hermann tirou e baixou sua carta, cobrindo-a com uma pilha de cédulas. Aquilo parecia um duelo. Um silêncio profundo reinava ao redor.

Tchekalínski pôs-se a bancar, suas mãos tremiam. À direita, havia uma dama, à esquerda, um ás.

– O ás ganhou! – disse Hermann, e descobriu sua carta.

– Hum, sua dama foi derrotada – disse Tchekalínski, carinhoso.

Hermann estremeceu: de fato, em vez de um ás, havia uma dama de espadas em suas mãos. Ele não acreditava em seus olhos, não entendia como pudera se equivocar.

Nessa hora, teve a impressão de que a dama de espadas semicerrava os olhos e sorria. A semelhança extraordinária deixou-lhe pasmo...

– A velha! – gritou, com horror.

Tchekalínski puxou as cédulas ganhas. Hermann ficou

imóvel. Quando ele se afastou da mesa, ergueu-se um ruidoso falatório.

– Que bela aposta! – diziam os jogadores.

Tchekalínski voltou a embaralhar as cartas: o jogo seguia como de costume.

CONCLUSÃO

Hermann ficou louco. Está no hospital Obúkhov, no quarto 17, não responde a nenhuma pergunta e resmunga, extraordinariamente rápido: "Três, sete, ás! Três, sete, dama!".

Lizavieta Ivánovna casou-se com um jovem muito amável; ele é servidor em algum lugar, e tem um patrimônio grande: é filho do ex-administrador da velha condessa. Lizavieta Ivánovna tem uma pupila, uma parente pobre.

Tómski foi promovido a capitão da cavalaria e vai se casar com a princesa Polina.